ぽにょり　ぽにょり

文《ぶん》／内田麟太郎《うちだりんたろう》
絵《え》／ひだかのり子《こ》

タヌキのおじさんが、ぽにょり　ぽにょりと
歩《ある》いていると……。
むこうから　へこぽん　へこぽんと　いがいなひとが
歩《ある》いてきました。
いがぐりです。
「こんにちは、いがぐりさん」
「こんばんは、タヌキくん」
いがぐりは、いがいなことを　いいました。
まだ、おひさまが　かんかん　てっているのに。
（こんばんはねえ）
タヌキのおじさんは、くびを　ひねり　空《そら》を　見上《みあ》げました。

ぽにょり　ぽにょり

おひさまが、月《つき》のおめんを　かぶっていました。

「うそつき、だね」

タヌキのおじさんは、ふのふのと　わらいました。

＊

タヌキのおじさんは、にわの　ベンチで　本《ほん》を
よんでいました。
まんげつの、あかるい　ばんです。
はなしが　おかしくて、タヌキのおじさんは、くふぁ　くふぁ
くふぁと　わらいました。

くふぁ　くふぁ　くふぁ。
くふぁ　くふぁ　くふぁ。
いくら　わらっても　わらいは　とまりません。
すると、あたまの　うえから　だれかが　すねたこえで
いいました。
「ふん、なにがおかしいのさ」
「だれ？」
タヌキのおじさんは　よぞらを　見上《みあ》げました。
まんげつが　おでこに　ひげを　つけていました。
どうどうとした　はなひげです。
いいえ、おでこひげでしょうか。

「きみも、わらってほしいの？」

タヌキのおじさんが　きくと、まんげつは　こくんと
うなずきました。

「ふふふふふ」

タヌキのおじさんが　わらってあげると、まんげつも、

「ふふふふふ」

と　わらいました。

そのはずみで、まんげつの　おでこから　ふぁらりと　ひげが
おちました。

（つけひげだったのかしら？）

タヌキのおじさんは、じぶんの　おでこを　なでました。

つぎのあさ。

タヌキのおじさんが、ぽにょり　ぽにょりと
歩《ある》いていると……。

むこうから　って　って　ってと　ウサギが
歩《ある》いてきました。

「おはよう、ウサギさん」

「おう、タヌキか」

ウサギは、ふんぞりかえって　あいさつしました。

おでこに　まんげつが　おとした　ひげを　つけていました。

つぎのあさ。

ウサギが、うつむきながら　しょの　しょのと
歩《ある》いてきました。

ひげが、だらーんと　じめんまで　のびています。

「どうしたの？」

タヌキのおじさんは、しょげている　ウサギに　たずねました。

すると、ウサギは　しょのしょのしたこえで　こういいました。

「つけひげじゃなくて、つきひげだったの」

＊

タヌキのおじさんが、ぽにょり　ぽにょりと
歩《ある》いていると……。
むこうから　白《しろ》いものが　まっすぐに　歩《ある》いてきました。
手足《てあし》を　ぴんと　のばし、たっ　たっ　たっと　歩《ある》いてきます。
大《おお》きな　かみばこでした。
「こんにちは、はこさん」
タヌキのおじさんは　あいさつしました。
「コンニチハ、タヌキサン」
白《しろ》いはこは、かくっと　こしを　おり、ていねいに　おじぎを
しました。
そして、また　たっ　たっ　たっと　とおりすぎていきました。

「まことに　きちんとした　ごあいさつをなさる　かただ。

うん、りっぱな　おかただった」

かんしんした　タヌキのおじさんが、ふかく　いきを
すいこんだときです。

「たふけてー」

ひしゃげた　ヒキガエルのような　ひめいが、うしろから
きこえました。

「だ、だれだ？　だれの　こえだ？」

タヌキのおじさんが　ふりかえると、はこのうえに　いしが
おちていました。

「だいじょうぶですか！　はこさん！」

かけつけた　タヌキのおじさんは、はこを　だきおこしました。
はこは、むっとしたかおで　へんじをしませんでした。
「だいじょうぶですか？　はこさん？」
タヌキのおじさんは、もういちど　たずねました。
やっぱり、へんじをしません。
（おかしいなあ。かどっこが　ちょこっと　へこんでいるだけなのに）
タヌキのおじさんは、くびを　かしげ、ぽんと　ひざを　たたきました。
（そうか、そうかもしれない）
タヌキのおじさんは、むっつりしている　はこに　いいました。

「だいじょうぶですか？　あなた？」
へこんでいる　はこは、へこんだこえで　いいました。
「たふけてください」
タヌキのおじさんは、へこんでいる　かどっこを
もとどおりに　なおしてあげました。
ましかくに　もどった　はこは、すぐに　たっと　いきおいよく
立《た》ちあがり、タヌキのおじさんに　おれいをいいました。
「ヘコンダモノハ　ハコデハアリマセン。ハコハ　シカクデコソ
ハコトヨバレルシカクガ　アルノデアリマス。ツマリ、シカクノ
シカクデアリマス。マコトニ　アリガトウゴザイマシタ」
はこの　おれいは、どことなく　しかくばっていました。

ぽにょり　ぽにょり

＊

タヌキのおじさんが、ぽにょり　ぽにょりと
歩《ある》いていると……。
むこうから　はじめてみるひとが、ずの　ずのと
歩《ある》いてきました。
赤《あか》い　けむくじゃらの　大男《おおおとこ》です。
頭《あたま》には　つのが　一ぽん。
口《くち》からは　ぎたぎたしたきばが　のぞいています。
(ライオンさんの　おなかまではないようだけど)
タヌキのおじさんは、いつものように　あいさつしました。

でも、名前《なまえ》が　わからないので、ただ、

「こんにちは」

と、だけ。

すると　はじめてのひとは、きちんと　名前《なまえ》を
なのってくれました。

「おばけだぞー」

（そうか、おばけさんか）

タヌキのおじさんは、うれしくて　じぶんも　なのりました。

「タヌキです」

すると　おばけは、まるで　それが　きこえなかったかのように、
大《おお》ごえで　どなりかえしました。

「おばけだぞー」

じぶんの　こえは、きこえなかったのでしょうか。

(それなら、もっと　こえを　はりあげないと)

タヌキのおじさんは、りょう足《あし》を　ぐいとふんばり、
はらの　そこから　さけびました。

「タヌキだぞ――」

ふにょ、ふにょ、ふにょ。

おばけが　こしをぬかし、
ふにょふにょしたこえで　いいました。

「ほく、おはけなのよ」

ぽにょり　ぽにょり

編集／石原尚子

デザイン／信太知美

希望がわく童話集

白いガーベラ

文

内田麟太郎
高橋秀雄
光丘真理
金治直美
最上一平
高橋うらら
深山さくら
漆原智良

絵

岡本美子
おのかつこ
進藤かおる
ひだかのり子
山中桃子

ひとこと

―童話《どうわ》で元気《げんき》に立《た》ち上《あ》がろう―

東日本《ひがしにほん》に　大《おお》つなみが　やってきて
たくさんの　とうとい　命《いのち》を
うばっていって　しまいました。
おおくの　人《ひと》が
家《いえ》を　うしないました。
家《か》ざいも　流《なが》されて　しまいました。
福島《ふくしま》の　原子力《げんしりょく》はつでん所《しょ》も
こわれて　しまいました。
ほうしゃのうの　きけんから
大《おお》ぜいの人《ひと》が
かなしみを　せおって

ふるさとから　はなれました。
つらい　ことでしょう。
さびしい　ことでしょう。
どうか　一日《にち》も　はやく
元気《げんき》になって　もらいたい……。
前《まえ》をむいて　立《た》ち上《あ》がって　もらいたい……。

わたしたちに
何《なに》が　できるのでしょうか？
ぎえん金《きん》を　おくりましょうか。
絵本《えほん》を　おくりましょうか。
読《よ》み聞《き》かせに　いきましょうか。

そうだ！
みんなで　子《こ》どもや　おとなの　よろこぶ
童話《どうわ》を　書《か》きましょう。
希望《きぼう》の　わく童話《どうわ》を。

巻頭《かんとう》の『ぽにょり　ぽにょり』は、
おもわず　くすっと
笑《わら》いの　おきる　童話《どうわ》です。
笑《わら》いは　希望《きぼう》です。

八人《にん》の　作家《さっか》と　五人《にん》の　画家《がか》が
「童話《どうわ》で　元気《げんき》に　立《た》ち上《あ》がろう」と、
手《て》を　組《く》みました。

ファンタジー童話《どうわ》や
せいかつ童話《どうわ》が　よせられました。
童話《どうわ》の　なかから　希望《きぼう》を
感《かん》じとって　もらえれば　さいわいです。

漆原智良《うるしばらともよし》

もくじ

わたしたち　うんこ友《とも》だち？

文《ぶん》／高橋秀雄《たかはしひでお》
絵《え》／岡本美子《おかもとよしこ》

五時間目《じかんめ》のこくごがもうすぐおわる。

おなかの下《した》のほうをさわってみた。

——きょうはだいじょうぶみたい。

きのうもおとといも、じゅぎょうがおわるころ、トイレにいきたくなった。

だけど、学校《がっこう》のトイレでうんこなんかしたら、みんなにうんこくさいだの、うんこしてきたなんていわれるにきまっている。

みんながかえったら、トイレにいこうかとおもったら、マキちゃんがいっしょにかえろうってさそってきた。

でも、マキちゃんにだっていえない。

「うんこなんだけど、まっててね」

なんていうの、かんがえただけでもはずかしい。だから、ごめんねってあやまって、さきにかえらせてもらった。

きょうはやっとマキちゃんとかえれる。

チャイムがなってほっとした。

でも、うしろのロッカーにランドセルをとりにいこうとしたとき、きゅうにおならがしたくなった。

――おならなら、だいじょうぶ。

うしろのロッカーを見《み》ると、みんながランドセルをとりにいってる。うわっ、そこでブウーなんてでたら……。もう学校《がっこう》になんかこられない。

おならをがまんして、ランドセルをせおった。すると、こんどは、おなかの下《した》のほうがいたくなった。おならがおなかの上《うえ》のほうにいって、うんこを上《うえ》からおしているかんじ。

――また、きょうもだ。

ぞっとしたら、あせがでてきた。

「ヒナちゃん、きょうはいっしょにかえれるよね」

マキちゃんにきかれた。こまった。

「ごめん、きょうもだめ、さきにかえる。ごめんね」

って、マキちゃんに手《て》をあわせてあやまって教室《きょうしつ》をでた。

走《はし》ったらおなかがゆれて、よけいトイレに早《はや》くいきたくなってしまう。そおっとおなかを動《うご》かさないようにして早歩《はやある》きする。

西門《にしもん》はカギがかかっているから、東門《ひがしもん》からとおまわりしてかえらなければならない。南《みなみ》がわの野球《やきゅう》クラブの門《もん》も、下校時間《げこうじかん》はしまっている。

――南門《みなみもん》があったらいいのに。

門《もん》をでるとき、おなかがいたくなった。でもまだだいじょうぶ。おなかがいたくなっても四回目《かいめ》くらいまではだいじょうぶ。おなかがいたくなるまでの時間《じかん》が、だんだんみじかくなるのがあぶないんだ。きのうとおとといで、よくわかった。

学校《がっこう》のへいのまわりをまわって、やっと野球《やきゅう》クラブの門《もん》のところまできた。ものすごいとおまわり。

またおなかがいたくなった。きのうより、ずっとあぶなそう。

──どうしようか。

ちょっとおまわりになるけど、杉林《すぎばやし》となの花畑《はなばたけ》の間《あいだ》の道《みち》をとおろうか。スカートのポッケのティッシュをたしかめた。

うしろをふりかえった。まだだれも学校《がっこう》の南《みなみ》がわを歩《ある》いている人《ひと》はいない。でも、杉林《すぎばやし》の中《なか》でうんこして、でてきたときにみんなとあったら、どうしよう。

なの花畑《はなばたけ》だと、道《みち》よりひくいから、しゃがんでもとおる人《ひと》に見《み》えてしまうかも。

また、おなかがいたくなってきた。もうあぶない。近道《ちかみち》のほうがいい。

早歩《はやある》きしていたら、新《あたら》しくたった家《いえ》の犬《いぬ》がほえた。びくっとして、もらしそうになった。

おしりに力《ちから》をいれてぴしっとしめる。もう少《すこ》しだいじょうぶだ。

「あーら、ヒナちゃんじゃない、早《はや》いのね」

おとなりのおしゃべりおばちゃん、どうしてしらない家《いえ》にいるの。だめ、きょうは。

「うん、さようなら」

へんな返事《へんじ》をして、早歩《はやある》きでにげてきた。

――もうだれにもあいませんように。

おなかがいたくなった。おしりのほうまで、うんこがおしだされているみたい。もうだめ、早歩《はやある》きなんてできない。

そおっとそおっと歩《ある》いてる。まるでマンガのドロボウみたい。

「あーあ、もうだめ」

顔《かお》は、ひやあせとなみだでびっしょり。

――こんなところでおもらししたら……。

うんこつきのパンツどうしよう。もうちょっとなのに、神《かみ》さまたすけてぇ。

プチプチと小《ちい》さなおならがとまらない。家《いえ》が見《み》えてきた。走《はし》りたい。でも走《はし》ったら、きっとでちゃう。

そおうっと、そおうっと、神《かみ》さま神《かみ》さまっていって、家《いえ》の門《もん》まできた。もうだめ。門《もん》をしめなかった。あけっぱなしでげんかんのドアまでいく。

ガチガチふるえて、カギがなかなかはいらない。やっとドアがあいた。ランドセルをほうりだして、トイレにかけこんだ。

「まにあった」

ホントにギリギリだった。ふうーっていきをして、トイレをながした。

「ああ、すっきりした」

おとうさんが新聞《しんぶん》をもって、トイレからでてきたときみたいないいかたをしてしまった。

気《き》がついたら、トイレのドアもあけっぱなし、げんかんも、門《もん》も。でも、もういい。おもらししなくてよかった。

二度《ど》目《め》のふうー。

トイレをでて、げんかんのカギをして、ランドセルを二かいの

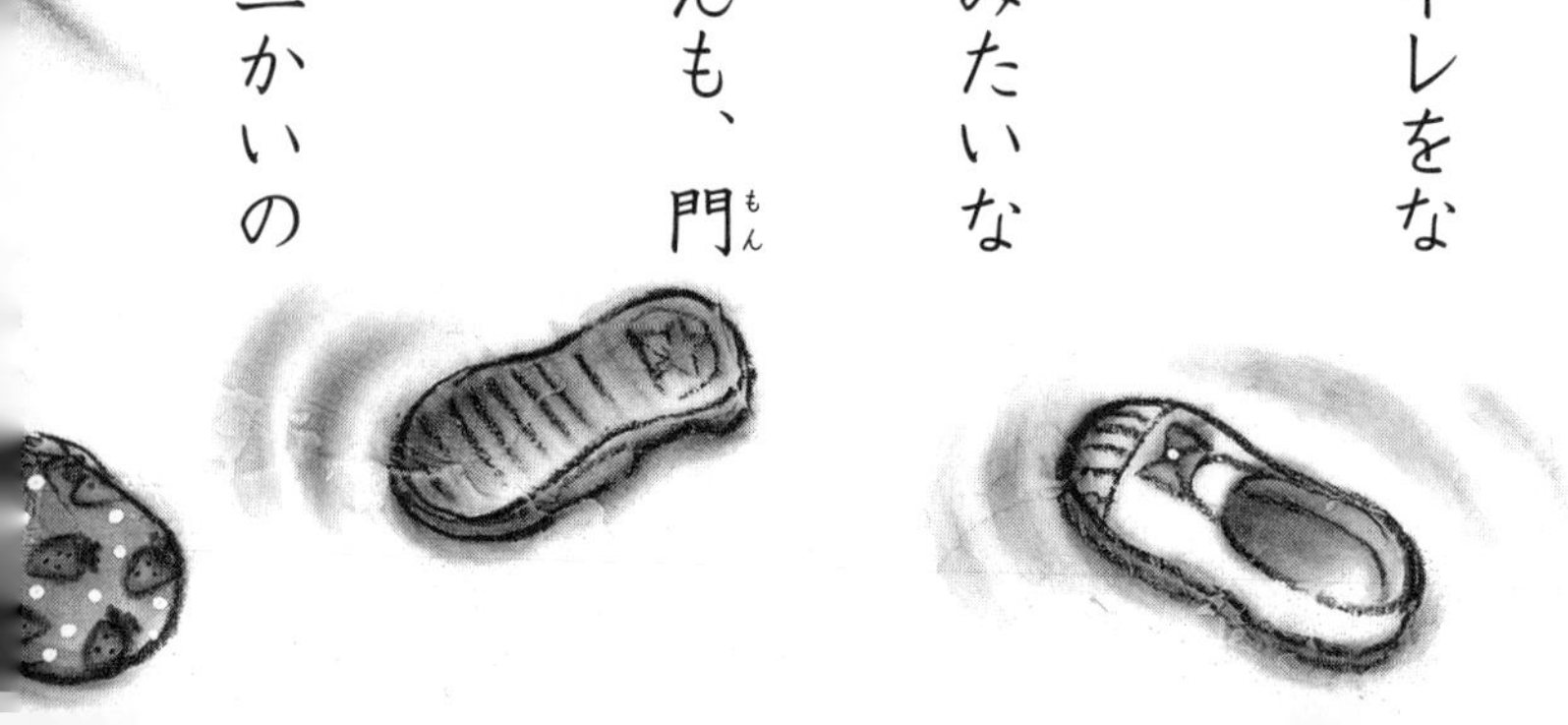

じぶんのへやにもっていったら、げんかんのチャイムがなった。のぞきあなから、外《そと》を見《み》たら、マキちゃんがしんぱいそうな顔《かお》をしてたっていた。

――しんぱいしてきてくれたんだ。

わたしのへやで、マキちゃんにしょうじきにはなした。わらわれたっていい。だって、一年《ねん》のときからずっといっしょにかえってきたのに、もう三日《みっか》も、にげるみたいにさきにかえってきちゃったんだもの。

「やっぱりね、そうじゃないかとおもった。顔《かお》がひっしだったもん」

マキちゃん、わらいだしそうだった。

「うん、ひっしだった。ごめんね」

「いいよ。でもね、どうして学校《がっこう》のトイレにいかないの」

「だって、トイレでうんこすると、うんこしてきたとか、くさいとかいわれるの、いやだもん」

「まあね、あたしもいわれた。あのチビの一平《いっぺい》にね」

くくくってマキちゃんがわらってる。

「で、どうしたの」

「うん、一平《いっぺい》はうんこしないのかよっていってやった」

「え、それで」

「しないっていうから、じゃあ一平《いっぺい》の体《からだ》、うんこでいっぱいなんだ、きたねえってはなれてやったら、いわなくなった」

へへへってマキちゃんが頭《あたま》をかいた。うまくいったみたいだ。

「でもさあ、ほかの子《こ》にいわれるのヤダから、あたしね、うんこしたら、走《はし》って体育館《たいいくかん》までいくの。そこの水道《すいどう》で手《て》あらうの」

「え、どうして」

「走《はし》ったら、うんこのにおいもとんじゃうじゃない」

へーえ、マキちゃんて頭《あたま》いい。いろいろ考《かんが》えたんだ。

「だけどさあ、おもちゃのうんこって、どうしてあんなかたちしてるんだろね」

マキちゃんがおもいだしたようにいった。

「そうだね、カタツムリのからみたいだよね。わたし、うんこなんて見《み》たことないけど……」

「え、ヒナちゃんて、じぶんの見《み》たことないの」

マキちゃんがびっくりしているけど、うんこなんか見《み》ないでながしてしまうよ。

「あたし、まいにち見《み》てるよ。水《みず》の中《なか》にしずんじゃうから、おもちゃのうんこみたいのは見《み》たことないよ。いつも一本《ぽん》か二本《ほん》、ソーセージみたいのだけ」

うわあ、うんこのソーセージ、そうぞうしてしまった。もうソーセージ食《た》べられない。

「でもね、ヒナちゃん、うんこは見《み》たほうがいいんだって、びょうきがわかるんだって」

「そうなの」

「ゲリのうんこはビチャッてしてるよね」

うん、てうなずいたけど、だんだん気持《きも》ちわるくなってきた。

「あと赤《あか》いうんこ、黄色《きいろ》いうんこ、黒《くろ》いうんこも病気《びょうき》だって」

マキちゃん、いつまでうんこの話《はなし》する気《き》だろう。もう、におってきそうだよ。

「ね、もうやめようよ、マキちゃん」

「うん、だけどさあ、だいじな話《はなし》だよ」

って、マキちゃんがまじめな顔《かお》をした。

「でもわらっちゃうね、わたしたち、うんこの話《はなし》なんかして……」

わたし、はじめて友《とも》だちとうんこの話《はなし》をした。

「そうだね。あたしたち、うんこ友《とも》だちかも」

「そうだよ、うんこ友《とも》だち、それいいかも」

じぶんでいって、ドキッとした。きたないうんこの話《はなし》がわらってできるなんてすごい。

マキちゃんて、ほんとうの友《とも》だちだとおもう。

ないても　いいんだよ

文《ぶん》／光丘真理《みつおかまり》
絵《え》／岡本美子《おかもとよしこ》

あたし、ルコ。六さい。もうすぐ一年生《ねんせい》。

あたしの家族《かぞく》は、ママと、バアバとジイジ、それに白《しろ》ねこのコタロウ。パパはいない。ずっと四人《にん》と一ぴきでくらしてきた。

ほいくえんのかえり道《みち》。むかえにきてくれたジイジと手《て》をつないで、ゆうやけの空《そら》を見《み》ながら、雲《くも》のかたちのあてっこをする。

「バナナ」「あかおに」「こいぬ」「バアバのおっぱい」

家《いえ》のまえまでくると、おいしいにおいがしてくる。バアバの作《つく》るばんごはんのにおい。

あたしは、すぐにおりょうりをあてちゃう。

「肉《にく》ジャガだ！」

おしょうゆのこげたにおいがするもの。

ごはんを食《た》べおわると、ジイジとおふろにはいる。そのころ、ママがしごとからかえってくる。

「ママ、おやすみね」

おふろあがりに声《こえ》をかけると、ママは、肉《にく》ジャガをモグモグさせながら、「うん、おやふみ。ほんジャガね」と、にかーとした。

あたしは、「ほんジャガジャガジャガジャガ」といいながら、リビングの本《ほん》だなから、絵本《えほん》を三さつもとりだして、ふとんにもぐりこんだ。

バアバは、あたしがねむくなるまで、なんかいも読《よ》んでくれる。

バアバのゆさゆさしたおっぱいにほっぺたをくっつけて、聞《き》く。

かたこりのシップとあまいにおいが、はなにけむりのようにははいってくる。まほうにかかったように、だんだんねむたくなってくる。

あとすこしで、小学校《しょうがっこう》の入学式《にゅうがくしき》という日《ひ》。ママがとつぜん、「ひっこしするよ」って、いったんだ。あたらしいしごとにかわるから、となりの県《けん》に、あたしとふたりで住《す》むことにきめたって。すごく急《きゅう》な話《はなし》。

「夕方《ゆうがた》五時《じ》にはかえってこられるから、これからはママがごはん作《つく》ってあげるよ」

ママは、にーってわらうけど、あたしは心配《しんぱい》になった。だって、ママのごはんって食《た》べたことないもん。だいじょうぶなの？

バアバとジイジのかおを見《み》た。ジイジは、口《くち》をへの字《じ》にしてむすっとしている。バアバは、今《いま》にもなきだしそうなかおをしてる。心配《しんぱい》にちがいないのに、ふたりは、なんにもいわない。

だから、あたしもなんにもいわない。

あたしの足《あし》もとで、コタロウが、「ニャーィ」と、なさけない目《め》で見《み》あげている。だきかかえて、むにゅってほおずりをした。


アパートのちいさなへやについた。にもつをほどいて、かたづけた。夕方《ゆうがた》になると、ママとコンビニにいった。ママは、カップめんとみかんとおかしをかった。

ママが、よこ目《め》でとけいを見《み》て、「よし」といって、二このカップめんのふたをあけた。ゆげがあがる。
ふたりぽっちの夕《ゆう》はん。食《た》べおわると、ママは、みかんを二つ
テーブルにおいた。
「ビタミンもとらないとね。これ食《た》べたら、デザートのチョコと
クッキー食《た》べよね」
ババなら、ありえないメニューだ。
大《だい》すきなおかしも食《た》べられるけど、やっぱり心配《しんぱい》になった。
「これから毎日《まいにち》こんなごはんなの？」
ママは、え？　って首《くび》をかしげたあと、
「あ、だいじょうぶ。みかんだけじゃなくて、ときどきは、いち
ごもふんぱつするからね」

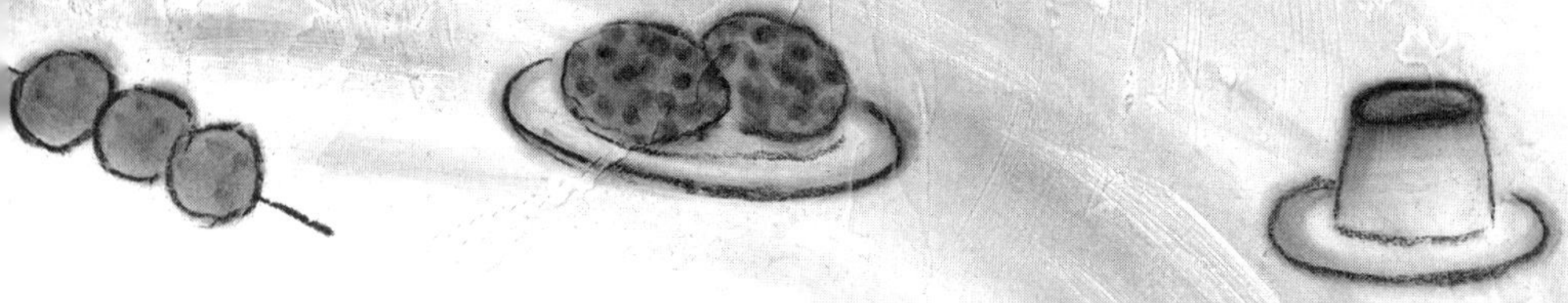

と、とんちんかんな答《こた》え。ひっこしするとき、「これからはママがごはん作《つく》ってあげるよ」って、いったのに。

バアバのデザートは、さつまいものようかんや、まめかんたっぷりのみつまめ、白玉《しらたま》あずきに、ゴマプリン……みんな手《て》作《づく》り。

ママは、そのおかずやデザートを食《た》べてきたのに、どうして、「よし」なんて

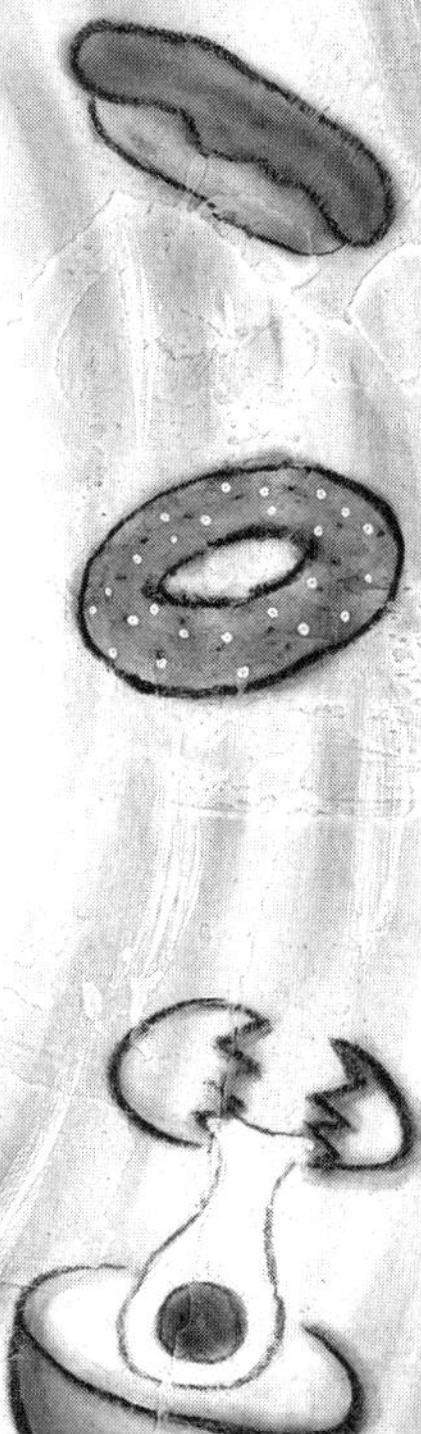

いうの？

いやなよかんが、もやもやっと広《ひろ》がっていく。

「なんとかしなくちゃ」

ひとりごとをいうと、クッキーをたべていたママが、「なにを？」と聞《き》いてきた。

「ママを！」

大《おお》きな声《こえ》でいってやった。

「なんとかなんて、できるわけないじゃん。たったの一年生《ねんせい》にはムリ」

学童《がくどう》でいっしょの三年生《ねんせい》のカナちゃんにいわれた。むっとしたけど、そうなんだ。ママにりょうりをさせようと、じゃがいもと肉《にく》をかってきた。それなのに、ママったら「時間《じかん》ないから、牛《ぎゅう》どんかってきたよ」だって。

れいとうした肉《にく》は一しゅうかんたつけど、今《いま》だにかいとうされていない。

ママのしごとはいそがしくなるばかり。ひとりぽっちの時間《じかん》が長《なが》くなる。

テレビのどの番組《ばんぐみ》を見《み》ても、ちっともおもしろくないから、けした。おなかが、ギュルーってないた。ひとりぽっちでおなかがすくと、もっとさみしくなってくる。

あたしは、ビスケットをポリポリ食《た》べながら、まどの外《そと》を見《み》あげる。空《そら》には、ちょっとゆがんだ半分《はんぶん》のお月《つき》さまが、ぽつり。

こんなとき、せめてコタロウがいたらな。ぎゅっとだきしめて、ほおずりするのに。

バアバからは、毎《まい》ばん、電話《でんわ》がかかってくる。心配《しんぱい》するから、いつも平気《へいき》な声《こえ》で話《はな》してたけど、今夜《こんや》は、ちがった。

電話《でんわ》のベルがなった。

さっとじゅわきをとって、バアバの「ルコ」って声《こえ》を聞《き》いたとたん、のどがつまって、なにもいえなくなった。

電話《でんわ》のむこうから、絵本《えほん》を読《よ》むように、ゆっくりとバアバが話《はな》しだした。

「ママ、きょうも　おそいんだね。ルコ、えらいね」

やわらかい声《こえ》だった。

なかないもん。なかないもん。

こころの中《なか》でなんかいもいったのに、なみだがかってにほっぺたをながれだす。ないているのがわかっちゃうから、だまったまま、じゅわきに耳《みみ》をおしあてた。

「ママね、ジイジと大《おお》げんかしたんだよ。それで、しごとをかえて、アパートにルコとひっこすことにしたんだよ」

びくっとした。ひっこしの日《ひ》、ジイジがおこったかおをしていたのは、そのせいなの？

「ルコのママをちゃんとしてないから、ジイジがおこったの。ママは、じゃあ、ふたりでくらすって。いじになってしまったのね」

いじってなんだろう？　あたしは、ひっこしなんかしてほしくなかったのに。

「ママね、ルコとふたりでなんとかがんばりたいって、きょうもいってきたんだよ」

おひるやすみに、ママは毎日《まいにち》バアバに電話《でんわ》をしてることを知《し》った。会社《かいしゃ》にも、しごとを五時《じ》までにしてもらうようにたのんでいるって。肉《にく》ジャガの作《つく》りかたも、バアバに聞《き》いていたって。

ママだって、なんとかしなくちゃって思《おも》っているんだ。

「バアバ……」ってよんだとたんに、高《たか》いところから水《みず》がながれだしたみたいに、なき声《ごえ》をあげてしまった。

「いいよ、ルコ、うんとないてもいいんだよ」

そういわれると、とまらなくなる。

ふわっとだきよせられた。バアバのにおい？

ちがう、ママだった。いつのまにかかえってきていた。

「ママ……」しゃくりあげて見《み》あげると、ママの目《め》から、なみだがこぼれおちている。

「ママも……、ママもないてもいいんだよ」

あたしがいうと、ママはほんとうに「おーーー」って、なきだした。

ないても　いいんだよ

ふたりのなき声《ごえ》が、サイレンみたいに、ずっとつづいた。


つぎの日《ひ》。ママのおやすみの日《ひ》。

朝《あさ》からふたりで、そうじとせんたくをした。

ママのかおもあたしのかおも、まっ白《しろ》なせんたくものみたいに、なんだかすっきりしている。夕《ゆう》べ、なくだけないたからかなぁ。

ごご、ふたりでかいものにでかけた。

「りょうりするよ。ルコも、てつだってね」

「うん！　てつだう」

「ルコとふたりだと、なんでもできそうだね」

そうか。あたしがなんとかしてあげなくちゃ、じゃなくて、ふたりでするんだ。

カナちゃんに今度《こんど》いってやろう、たったの一年生《ねんせい》だって、ふたりですればできるんだよ。

帰《かえ》り道《みち》、ママがオレンジ色《いろ》の空《そら》をさした。

「コタロウのしっぽだ！」

ふわふわくねっとうかぶ雲《くも》は、そっくりだった。

「あ、あれ！」

まるく大《おお》きな雲《くも》がもくもくと、二つくっついてる。

「バアバのおっぱい」

ふたりで声《こえ》をあげた。

「あ、れいとうの肉《にく》、かいとうしなくちゃ」

こんやは、肉《にく》ジャガだ。

「ジャガジャガジャガ、肉《にく》ジャガ」

ふたりで、でたらめの歌《うた》をうたってかえる。

夕《ゆう》やけが、はちみつみたいに、とろーりと空《そら》をつつんでいる。

魔女《まじょ》の大《おお》なべ

文《ぶん》／金治直美《かなじなおみ》
絵《え》／進藤《しんどう》かおる

その魔女《まじょ》は、はるかな西《にし》の国《くに》の、けわしい岩山《いわやま》のなかで、何百《なんびゃく》年《ねん》もひとりぼっちでくらしていました。

魔女《まじょ》のしごとは、くすりをつくること。ざいりょうは、木《き》や草《くさ》のはっぱや、実《み》、ねっこ、きのこやはちみつ。これらを、大《おお》きな黒《くろ》いなべで、ぐつぐつにこんでかきまわし、三日三晩《みっかみばん》、とろとろにつめて、できあがり。

かぜぐすりやおなかのくすりはもちろん、おねしょのくすり、ねむりぐすり、やせぐすり、ときにはどくやくだってつくります。

そのせいで、魔女《まじょ》はだれからもおそれられ、たずねてくる人《ひと》はほとんどいません。

ときどき、おせっかいカラスがとんできて、

「カァカァ、おばあさん、ひとりぼっちでさびしいだろに」
「ふん、あたしゃ、ひとりでいいんだよ」
「かってにしろ、アホーアホー」

ある秋《あき》のことです。いつものカチカチパンをたべようとしたら、どうしたわけか、ケホケホせきがでて、パンはのどをとおっていきません。水《みず》をのんでながしこんだら、おなかがいたくなりました。「いたたた」といおうとしても、声《こえ》がでません。

魔女《まじょ》はくすりのたなから、せきどめのくすりとおなかいたのくすり、のどのくすりをとりだして、いっぺんにのみました。

するとこんどは、あたまがいたくなりました。あたまいたのくすりをのんだら、きもちがわるくなりました。

こうしてまいにち、いろいろなくすりをのんでいるうちに、どんどんぐあいがわるくなり、げっそりとやせてしまいました。

魔女《まじょ》はコホコホせきこみながら、かすれ声《ごえ》でつぶやきました。

「もっといいくすりをつくらなくちゃ。それには、あたらしいやくそうがなくっちゃね。そうそう、海《うみ》をこえた東《ひがし》の国《くに》には、ききめのつよいやくそうが、どっさりはえているっていうじゃないか。でかけてみるとするか」

魔女《まじょ》は、大《おお》なべをカバンがわりにしてにもつをつめこみ、よいしょっとせなかにしょって、よろよろと岩山《いわやま》をあとにしました。

ほうきはおいていきました。ほうきにのって海《うみ》をこえるのはたいへんですから、ちゃんとひこうきにのったのです。それから、でんしゃにのって小《ちい》さなえきにつき、バスにのりかえて、たどりついたのは、ニッポンの山《やま》おくの村《むら》でした。

みわたすと、なんとうつくしい山《やま》やまでしょう。秋《あき》の森《もり》は、みどり、きいろ、オレンジ、赤《あか》と色《いろ》どられ、山《やま》ぜんたいがあざやかなドレスをまとっているようです。

風《かぜ》は、西《にし》の国《くに》よりもずっとあたたかくやさしく、魔女《まじょ》のきぶんは、すこしよくなりました。

魔女《まじょ》は山《やま》をのぼっていき、川《かわ》のほとりの大《おお》きな木《き》の下《した》をねぐらにきめました。

さっそく、木《き》の実《み》や草《くさ》やきのこをしらべてみました。

「ふむふむ、この草《くさ》のにおいはきりっとして、せきがとまるぞ。あっちのきのこは、おなかによさそうだ」

すると、女《おんな》の子《こ》の声《こえ》がしました。

「あのう、おりょうりけんきゅうかさん？　こんにちは」

魔女《まじょ》はおどろいて、へたっとすわりこんでしまいました。子《こ》どもの声《こえ》をきいたのは、百年《ひゃくねん》ぶりでしょうか。ふりむくと、ひとりの女《おんな》の子《こ》が、かけよってきて、

「あっ、どうしたの？　おぐあいわるいの？　そういえば、かお色《いろ》がわるいみたいよ」

魔女《まじょ》はどうへんじをしたらいいかわからず、ただコクコクと、うなずきました。

「だったら、いっしょにおいでよ！　これから、うちの村《むら》で芋煮《いもに》をやるんだよ。たべると、きっとげんきがでるよ」

げんきがでる？　魔女《まじょ》はかおをあげました。

「あのね、おかあちゃんがね、『山《やま》おくに外国人《がいこくじん》のマダムがきてるよ。大《おお》なべをもっているから、おりょうりけんきゅうかかもしれない。うちの村《むら》の芋煮《いもに》、たべてもらいましょ』っていったの。それでさそいにきたんだよ」

女《おんな》の子《こ》はにっこりして、

「わたしはニコ。おばちゃん、おなまえは？」

魔女《まじょ》は、はっとしました。二百年《ひゃくねん》ものあいだ、なまえをよばれたことがなかったので、じぶんのなまえをわすれてしまったのです。

あれこれかんがえて、ようやくおもいだし、

「ええと、キ、キニーネ」

しわがれ声《ごえ》でそういうと、

「じゃ、キニーネおばちゃん、いきましょ」

ニコは魔女《まじょ》の手《て》をとりました。子《こ》どものぽっちゃりした手《て》にふれるなんて、三百年《びゃくねん》ぶりです。魔女《まじょ》はたちあがって、いっしょに歩《ある》きだしていました。


川《かわ》ぞいにしばらく歩《ある》くと、広《ひろ》い川原《かわら》にでました。たくさんのおとなたち、子《こ》どもたちが、しゃべったりわらったりしています。まんなかに大《おお》きな石《いし》をならべたかまどがあり、その上《うえ》に大《おお》きな大《おお》

きななべがおかれ、ふつふつとゆげをたてています。なべからは、ふしぎなにおいが、ながれてきます。

「おりょうりけんきゅうかさんをつれてきたよー。キニーネさんていうの」

「おお、ようこそ、とおい国《くに》から」

「こんにちは、キニーネさん」

村《むら》の人《ひと》たちが、わらってむかえてくれました。人間《にんげん》たちが、おおぜいでわらいかけてくれるなんて、四百年《ひゃくねん》ぶりです。

「キニさん、ほれ、たべなされ」

「ほい、これも」

「こっちもうまいよ」

つぎつぎにおさらがさしだされます。ニコが、ひとつずつおしえてくれました。

「これはムカゴのゆでたの。こっちはきのこのとろろあえ。おいしいよ！」

一口《ひとくち》たべて、魔女《まじょ》は目《め》をみはりました。ムカゴはほくほく、とろろはねばねば、どちらも山《やま》のかおりがして、なんておいしいのでしょう。それから、きんぴらごぼう、きりぼしだいこんのにもの、ほうれんそうのごまあえ。どれもつるつるっと、おもしろいようにのどをとおります。

これまで魔女《まじょ》がたべていたカチカチパンとは、なんというちがいでしょう。

「ほーら、キニさん、にえたよー」

ニコのおかあちゃんが、大《おお》なべからよそったものを、おわんに入《い》れてさしだしました。あのふしぎなにおいが、はなをくすぐります。

ニコがおしえてくれました。

「これが芋煮《いもに》だよ。さといもとおにく、それにごぼうやマイタケやこんにゃく、ねぎをにてね、あじつけはうちの手《て》づくりみそ」

ふしぎなにおいのもとは、「みそ」というもののようです。魔《ま》女《じょ》は一口《ひとくち》すすって、またまたびっくり。なんというふかいあじわいでしょう。ほんのりあまくて、ちょうどよくしょっぱくて、これまでのんだ、どんなスープもかないません。みそとおにくとやさいのおいしさが、体《からだ》じゅうにしみわたります。足《あし》の先《さき》まで、じんじんとあたたかくなってきます。

こんなにおいしいものをたべたのは、何百年《なんびゃくねん》ぶりでしょうか。そして、あたたかなたべものを、人間《にんげん》といっしょのおなべからたべたのは、生《う》まれてはじめてのことでした。

魔女《まじょ》はおもわずさけびました。

「イモニ！　ワンダフォー！（すばらしい！）」

ニコが目《め》をまるくしました。

「キニおばちゃん、わかがえってる！」

かれくさ色《いろ》だったほっぺたは、わかいむすめのようなピンク色《いろ》。体《からだ》じゅう、ぴちぴちと力《ちから》がわいてきます。しわがれ声《ごえ》も、も

とにもどっています。

「オー、ファンタスティック！（なんてすてき！）」

「そりゃあよかった。芋煮《いもに》はいいよなあ。みんなでたべると、げんきもりもりだ」

「また、らいしゅうもやるべえ」

「キニおばちゃんもきてね」

「そだそだ、またこいやあ」

そのばん、魔女《まじょ》は体《からだ》も心《こころ》もほっかほか。

「みんなでたべるとげんきもりもり……」

そうつぶやきながらねむりました。

キニさんは、今《いま》では村《むら》のなかにすんでいます。村長《そんちょう》さんが、村《むら》はずれのあきやにすまわせてくれたのです。

キニさんは、まいにち山《やま》からやくそうをつんできて、大《おお》なべでにて、いろいろなくすりをつくり、村《むら》の人《ひと》たちにわけてあげます。

「キニさん、りょうりけんきゅうかじゃなくて、やくそうのけんきゅうかだったんだね」

「よーくきくねえ、このくすり」

村《むら》の人《ひと》たちは大《おお》よろこびです。

ときどき、ニコやほかの子《こ》どもたちもやってきて、キニさんのてつだいをします。キニさんの家《いえ》のにわで、あの大《おお》なべをつかって、芋煮《いもに》をすることもあります。

キニさんはもう、あの西《にし》の国《くに》の岩山《いわやま》へ、もどりたいとはおもいませんでした。

発車《はっしゃ》オーライ

文《ぶん》／最上一平《もがみいっぺい》
絵《え》／進藤《しんどう》かおる

きょうは三五郎《さんごろう》が、つとめていたバス会社《がいしゃ》をやめる日《ひ》です。三十五年《ねん》もの間《あいだ》、雨《あめ》の日《ひ》も雪《ゆき》の日《ひ》も毎日《まいにち》まいにち、バスを運転《うんてん》してきたのでした。定年《ていねん》をむかえたのです。

三五郎《さんごろう》は朝起《あさお》きると、外《そと》に出《で》て、空《そら》を見《み》るのが習慣《しゅうかん》でした。

「きょうは、いい天気《てんき》のようだ。オーッ！　山《やま》はすっかり緑《みどり》になって、いい色《いろ》だなあ」

というと、二度《ど》三度《ど》、深《ふか》く山《やま》の空気《くうき》をすいこみました。

それから、おくさんのタケがせわをしている庭先《にわさき》のミヤコワスレの花《はな》を、しゃがみこんで見《み》ました。

「オーッ！　おまえらもいいもんだ。ありがとよ」

人《ひと》に聞《き》かれては、はずかしいと思《おも》ったのか、三五郎《さんごろう》は小声《こごえ》で、

ぼそぼそっといいました。

三五郎《さんごろう》は、カジカという魚《さかな》にそっくりで、玉《たま》ねぎのようにしもぶくれ、口《くち》が大《おお》きく、目《め》はつぶらでした。カジカの顔《かお》がにくめないように、三五郎《さんごろう》の顔《かお》も、あいきょうがあって、わらえてくるのでした。

「おまえさん、ごはんだよ」

と、タケがえんがわから声《こえ》をかけました。

「オーッ！」

タケは、三五郎《さんごろう》がバスの運転《うんてん》をしているときに、田畑《たはた》をたがやして、三人《にん》の子《こ》を育《そだ》てました。もともとは農家《のうか》だったのです。

朝《あさ》めしを二人《ふたり》で食《た》べました。

三五郎《さんごろう》の最後《さいご》のつとめの日は、もうひとつ特別《とくべつ》な日《ひ》と重《かさ》なりました。今《いま》、三五郎《さんごろう》が走《はし》っている、営業所《えいぎょうしょ》から上里《かみざと》までの路線《ろせん》が、きょうの五月三十一日《がつ》《にち》をもって、廃線《はいせん》となることがきまっていたのでした。朝《あさ》、昼《ひる》、夕方《ゆうがた》と三往復《おうふく》していたのですが、利用《りよう》する人《ひと》が少《すく》なくて、ガラガラでした。夕方《ゆうがた》の便《びん》などは、からっぽのバスが走《はし》っていることがめずらしくないのでした。

三五郎《さんごろう》は、この夕方《ゆうがた》の便《びん》の運転《うんてん》をかってでました。自分《じぶん》のつとめの最後《さいご》が、今《いま》まで走《はし》りつづけた路線《ろせん》の最後《さいご》となるわけです。長年《なが》《ねん》やってきた自分《じぶん》の仕事《しごと》のあとしまつのようにも思《おも》えたのでした。

タケはいつもとかわりなく、べんとうを作《つく》って送《おく》りだしました。三五郎《さんごろう》は会社《かいしゃ》まで車《くるま》で通《かよ》っています。いつもタケは玄関《げんかん》を出《で》て、すぐそこの赤《あか》いとりいのところまで出《で》て見送《みおく》ります。

坂道《さかみち》をくだっていく車《くるま》が見《み》えました。見《み》えなくなるところで毎《まい》日《にち》、三五郎《さんごろう》はプオン、とクラクションをならすのでした。

きょうも三五郎《さんごろう》はならしました。

見送《みおく》るとタケは、赤《あか》いとりいを入《はい》っていきます。小《ちい》さな社《やしろ》のお稲荷《いなり》さまがありました。お稲荷《いなり》さまの後《うし》ろはすぐにうら山《やま》で、うら山《やま》は山《やま》につながり、その山《やま》はまた次《つぎ》の山《やま》につながって、どこまでいっても山《やま》でした。

三十五年間《ねんかん》、三五郎《さんごろう》を見送《みおく》るとお稲荷《いなり》さまに手《て》を合《あ》わせるのが、タケの日課《にっか》でした。それもきょうでおわりです。スズをガラガラとならし、いきおいよく二度《ど》、手《て》を打《う》ちました。社《やしろ》の中《なか》には白《しろ》い

とうきのきつねさんが、二匹《ひき》ついになってかざられています。

「きょうも、交通安全《こうつうあんぜん》でお願《ねが》いします。三十五年《ねん》の間《あいだ》、ありがとうございました。おかげさまで、最後《さいご》の日《ひ》をむかえることができました。……できましたら、最後《さいご》の夕方《ゆうがた》の便《びん》に、お客《きゃく》さまがひとりでも乗《の》ってくれますように」

と、お願《ねが》いしてから、まあいいか、と思《おも》いなおしました。タケは三五郎《さんごろう》の運転《うんてん》する最後《さいご》のバスに、乗《の》ることをきめていたのでした。ないしょにしています。三五郎《さんごろう》のバスをかしきりにするのもいいかもしれないと思《おも》ったのでした。

うら山《やま》の緑《みどり》に朝日《あさひ》があたって、まぶしいばかりでした。ところどころに赤《あか》い山《やま》つつじがさいています。風《かぜ》もないのに、そのあたりが、ガサガサッとして、山《やま》つつじがぐらぐらゆれました。

タケはその日《ひ》一日《にち》そわそわして、時計《とけい》ばかり見《み》ていました。五時《じ》十五分《ふん》に、町《まち》の方《ほう》からきたバスに乗《の》ります。そしてこの先《さき》の上《かみ》里《ざと》という集落《しゅうらく》まで行《い》って、U《ユー》ターンして町《まち》にもどっていきます。

お気《き》に入《い》りのよそ行《い》きを着《き》てみました。くつも、おろしたてです。タケは一時間《じかん》も前《まえ》にバス停《てい》にきてしまいました。

ずいぶんまちました。そして、やっとバスがやってきました。緑《みどり》の中《なか》をピンク色《いろ》のボディに、紅色《べにいろ》のラインが入《はい》ったバスが見《み》えました。

「来《き》た来《き》た！」

見《み》なれたバスなのに、とてもなつかしくなりました。子《こ》どもや孫《まご》が会《あ》いにきてくれたときと同《おな》じような気持《きも》ちになって、タケは胸《むね》がつまり、なみだがこぼれそうになりました。

バスが止《と》まりました。タラップをあがると、三五郎《さんごろう》が運転席《うんてんせき》にいました。チラッとタケを見《み》ましたが、表情《ひょうじょう》をかえません。タケもなにもいわず、座席《ざせき》にすわりました。ざんねんながらお客《きゃく》さんはだれもいません。

「発車《はっしゃ》します。おつかまりください。発車《はっしゃ》オーライ！」

という、三五郎《さんごろう》のアナウンスがありました。

タケは心《こころ》の中《なか》で、ハイとこたえました。バスはしずかに動《うご》きだし、スピードをあげました。

「次《つぎ》はきつねざか、きつねざか。おおりの方《かた》は、ブザーでお知《し》らせください」

バスはきつねざかのバス停《てい》で、ゆっくりと止《と》まりました。お客《きゃく》さんでしょうか。タケはまどごしに外《そと》を見《み》ました。お客《きゃく》さんです。乗《の》りこんできたのは、お母《かあ》さんと子《こ》どもが三人《にん》でした。その顔《かお》を見《み》て、タケはハテ？　と首《くび》をかしげました。どこの家《いえ》の者《もの》なのか、見《み》たこともない親子《おやこ》でした。

「発車《はっしゃ》します。おつかまりください。発車《はっしゃ》オーライ！」

親子《おやこ》づれは座席《ざせき》につくと、せすじをピンとのばし、すましました。まどの外《そと》を緑《みどり》の木々《きぎ》や畑《はたけ》や電柱《でんちゅう》などが、どんどん後《うし》ろに流《なが》れていきます。子《こ》どもたちはぺったりまどに顔《かお》をつけて、風景《ふうけい》を見《み》ています。バスはだんだん山《やま》の上《うえ》にのぼっていきました。

「次《つぎ》は、きつねのかんざし、きつねのかんざし。おおりの方《かた》は、ブザーでお知《し》らせください」

バスが止《と》まりました。どうしたことでしょう。十数人《すうにん》ものお客《きゃく》が次《つぎ》つぎに乗《の》ってきました。おとなも年《とし》よりも子《こ》どももいます。子《こ》どもたちがタケを見《み》て、クスクスわらい、口《くち》もとを手《て》でおさえました。

タケはやっぱり見《み》たことのない人《ひと》たちばかりでした。

いっぺんにバスの中《なか》はにぎやかになって、話《はな》し声《ごえ》でザワザワとなりました。子《こ》どもたちは大《おお》はしゃぎです。

「次《つぎ》は、きつねはな、きつねはな……」

きつねはなからも七人乗《にんの》りこんで、バスは満員《まんいん》になりました。

「発車《はっしゃ》します。おつかまりください。発車《はっしゃ》オーライ！」

と、三五郎《さんごろう》がアナウンスすると、子《こ》どもたちがまねをしました。

「発車《はっしゃ》します。おつかまりください。発車《はっしゃ》オーライ！」

ハンドルをにぎっているように、手《て》を動《うご》かしています。みんな座席《ざせき》でポンポンとびはねました。どの子《こ》もわらうと、はながにゅうっとのびて、きつねのような顔《かお》になるのでした。

「お客《きゃく》さまにお願《ねが》いします。座席《ざせき》でとびはねるのはおやめくださ い。これからくだりで、カーブが多《おお》くなり、きけんです」

三五郎《さんごろう》がおちついた声《こえ》でアナウンスしました。子《こ》どもたちは、ぴたりとしずかになりました。タケはあっけにとられていました。

こんなにお客《きゃく》さまがいっぱいになるなんて。

外《そと》はだんだん暮《く》れてきました。

バスは大《おお》きなカーブをなんどもまがりました。そのたびに体《からだ》が右《みぎ》に左《ひだり》に動《うご》きました。まがるたびにバスの中《なか》には、アアーッと、かんせいがおこりました。

「終点《しゅうてん》の上里《かみざと》です。どなたさまもおわすれもののないようにご注《ちゅう》意《い》ください。長《なが》い間《あいだ》、ご利用《りよう》いただきまして、まことにありがとうございました。本日《ほんじつ》をもちまして、当社《とうしゃ》の営業《えいぎょう》を終了《しゅうりょう》させていただきます」

お客《きゃく》さんがひとりひとり、三五郎《さんごろう》にありがとうございましたと、お礼《れい》をいっておりていきました。バスは方向《ほうこう》をかえて、帰《かえ》りの出発《しゅっぱつ》の時間《じかん》をまちました。

「営業所行《えいぎょうしょい》きの最終便《さいしゅうびん》が発車《はっしゃ》します」

また、タケひとりのお客《きゃく》になりました。おりたお客《きゃく》さんは、集落《しゅうらく》とはちがう山《やま》の方《ほう》に、ぴょんぴょんと歩《ある》いていくのでした。

「発車《はっしゃ》オーライ！」

三五郎《さんごろう》がアナウンスすると、タケを乗《の》せたバスは、夕《ゆう》やけにむかってゆっくり動《うご》きだしました。

青空《あおぞら》のランドセル

文《ぶん》／高橋《たかはし》うらら

絵《え》／ひだかのり子《こ》

「ただいま！　ぼくは、一年《ねん》二組《くみ》だって！」

にゅうがくしきからかえると、つばさは、ぴょんぴょんとびはねて、いいました。

「あしたから、きみをせおって通《かよ》うんだよ！」

はなしかけたあいては、ピカピカの青《あお》いランドセル。ふたをあけ、ふでばこを中《なか》に入《い》れてみます。すると、そのとたん！

かいぞくのような大声《おおごえ》が、ひびきました。

「おうおう。まちくたびれたぜ。おれさまはこの日《ひ》を、もう三年《ねん》もまっていた！」

ランドセルが、ふたをパタパタうごかしながら、しゃべっているではありませんか。

「つばさくん、おれさまをつかってくれて、ありがとさん！」

「ランドセルが、どうしてしゃべるの？」

「そりゃあ、おまえのじいちゃんが、こころをこめて、作《つく》ってくれたんだもの。これくらい、かんたんたんの、たんたかたん！」

つばさのおじいちゃんは、とびきりのうでをもったカバンしょくにんでした。おもいびょうきでなくなるまえに、このランドセルを、作《つく》っておいてくれたのです。

「青《あお》い空《そら》にはばたくような、げんきな子《こ》どもにそだっておくれ」

つばさ、というなまえをつけてくれたのも、このおじいちゃんでした。

ランドセルは、またへんなことばをしゃべっています。

「ヤッホー！　うほほーい！　びよよーん！」

「おかあさーん！　ちょっときて！」

かけつけたおかあさんは、しばらく口《くち》もきけません。やっと気《き》をとりなおして、うなずきました。

「さすが、おじいちゃんのランドセルだわ。よかったわね。これで学校《がっこう》にいっても、さみしくないね」

じつはつばさは、はるやすみに、とおくの町《まち》からひっこしてきたばかりだったのです。

「あたらしいともだちができるかなあ。しらない子《こ》にはなしかけるの、にがてだなあ」

と、ずっとしんぱいしていたのでした。

つばさは、ランドセルに「ドセル」というなまえをつけました。

つぎのあさ、いよいよいっしょに学校《がっこう》に出《で》かけます。

はるの空《そら》を、ひこうきが、とんでいます。せなかで、ドセルがぼやきました。

「いいなあ、ひこうきは、気《き》もちよさそうに、空《そら》なんかとんじゃってさあ。おれさまは、おなかがずっしりおもくて、しにそうだ。きょうかしょに、ノートに、ふでばこ……」

「がまんがまん。あともうすこしで、学校《がっこう》につくからね!」

きょうしつでは、やまのとしこ先生《せんせい》が、まっていました。

「おはようございます！　きょうかしょやノートは、つくえのひきだしにしまいましょう」

いわれたとおり、ランドセルからにもつを出《だ》したとたん……！

「あーあ！　すっきりかるくなったあ！」

ドセルの大声《おおごえ》に、まわりの子《こ》たちが、いっせいに、ふりむきました。

やまの先生《せんせい》も、おどろいています。

「すごいわ。しゃべるランドセルなんて、先生《せんせい》になってから、はじめて見《み》たわ！」

それからも、まいにち、ドセルといっしょに学校《がっこう》にいきました。

「つばさくんのランドセル、み・せ・て!」

やすみじかんには、いれかわりたちかわり、ともだちがやってきます。

ドセルは、いばって、じこしょうかい。

「おれさまは、しゃべっておどれるランドセル! せかいで一ばんのランドセル! シュビドュビー、パ

パーヤー」

そういって、ふたをパタパタさせ、ほんとうに、つくえの上《うえ》でおどってみせました。

「すっごーぃ！」

ドセルは、あっというまに、にんきものになりました。でも、あいてにされているのはドセルだけ。つばさはいつも、ひとりぼっち。

「いいなあ、ぼくもともだち、ほしいなあ」

そういうと、ドセルは、からだをふっていいました。

「つばさも、じぶんから、だれかにはなしかけてみれば？」

「むりだよ。ぼく、声《こえ》が小《ちい》さいし、しらない子《こ》は、なんだかこわくて」

「しかたないなあ。じしんがないときは、こんなふうに、おなかに力《ちから》を入《い》れて、大《おお》きな声《こえ》を出《だ》せばいいんだ」

ドセルは、大《おお》きくふたをもちあげて、やってみせます。

「つばさといっしょに、あそびたい人《ひと》、このランドセルに、とーまれ！」

「はーい！」

みんな走《はし》ってきて、ドセルにタッチします。

かんけりをして、あそぶことになりました。

「ありがとう。たすかった」

しかし、それからというもの、つばさは、なんでもドセルにいわせるようになってしまいました。

「ねえ、やまの先生《せんせい》を、よんでくれない？」

ドセルが、めんどうくさそうにしらせます。

「先生《せんせい》、つばさのところにきてください！」

つばさは、あいかわらず、じぶんからなにもいいだしません。

おまけに、やりたくないことまで、ドセルにたのむようになりました。

「きょうかしょわすれたから、となりのかなちゃんに、見《み》せてってたのんで」

ドセルはとうとう、おこってしまいました。

「つばさは、おれさまがいないと、なんにもできないんだな！これじゃ、作《つく》ってくれたじいちゃんに、もうしわけない！　もう、おれさまは、だまっていることにする！」

そしてそれから、ドセルはうんともすんとも、いわなくなってしまいました。ランドセルのふたも、二どとパタパタうごきません。

つばさのまわりには、ますますだれもこなくなりました。

「ねえドセル！　もう一ど口《くち》をきいて！」

ないてたのんでも、だめでした。

「やっぱり、じぶんでやらないと、ドセルはゆるしてくれないのかな」

そこでつばさは、ともだちを、一人《ひとり》であそびにさそってみることにしたのです。

「ドセルみたいに、おなかに力《ちから》を入《い》れて……」

つばさは、きょうしつのまんなかで、ひとさしゆびを立《た》てました。

「お、おれさまと、あそんでくれる人《ひと》、こーのゆーび、とーまれ!」

みんな、目《め》をまるくしています。やがて、わらい声《ごえ》がクスクスひびきました。

「つばさくんたら、……おれさまだって！」

「あ……、まちがえちゃった」

つばさは、まっかになっています。でも、一人《ひとり》、二人《ふたり》と、ひとさしゆびにとまりました。

「じゃあ、そとで、おにごっこしようか」

すぐにはなしも、きまります。

そのとたん、ドセルが、またしゃべりだしました。

「よくやった、つばさ！　な？　やればできるだろ？　かんたんたんの、たんたかたん！」

その日《ひ》いえにかえると、ドセルはこんなことをいいだしました。

「つばさがこれだけやったんだから、おれさまも、あたらしいことに、ちょうせんする！　空《そら》をとんでみせる！」

「え？　とぶって？　ランドセルが？」

「そうさ、ひこうきにできて、おれさまにできないはずがない。さあ、おなかのにもつを出《だ》して、からっぽにしてくれ！」

つばさが、なかみを出《だ》してやると、ドセルは、ふたをパタパタうごかします。

「せえのっ」

すると、ほんとうに、ふわりとういたではありませんか。やがて、へやの中《なか》を、すいすいとびまわります。

広《ひろ》いこうえんにつれていくと、ドセルは、空《そら》をめざして、とびたちました。

つばさは、まぶしそうに見《み》あげています。

「やったね！　ドセル！」

「そうさ。なんでも、きっとできるってしんじれば、かんたんたんの、たんたかたん！」

ドセルは、もどってくると、つばさをさそいます。

「いっしょにとぼうぜ！」

「え？　ぼくに、できるかな」

つばさがドセルをせおいます。ドセルがふたをうごかして、もちあげようとします。

「よっしゃ、もうひといきだ」

そして、つばさが、ぽんっとじめんをけったとたん、二人《ふたり》は空《そら》高《たか》く上《あ》がっていきました。

ドセルが、空《そら》のむこうにさけんでいます。

「見《み》てるか、じいちゃん！　つばさは、なまえのとおり、ほんとに空《そら》をとんだんだよ！」

つばさも、大《おお》きく手《て》をふりました。

「ありがとう、おじいちゃん！　これからもずっと、ぼくのこと、まもっていてね！」

浩太《こうた》と子《こ》ねずみ

文《ぶん》／深山《みやま》さくら
絵《え》／おのかつこ

秋《あき》のおわりの、ある日《ひ》のことでした。

「じいちゃんのてつだいをしてくれよ。年《とし》の暮《く》れには、かえってくるからな」

父《とう》ちゃんは、六つになる浩太《こうた》のあたまをなでていいました。

「さみしいだろうけど、がまんしてね。雪《ゆき》がどっさりふったら、またあえるわよ」

母《かあ》ちゃんは、浩太《こうた》をぎゅっとだきしめました。

「わかってる！」

母《かあ》ちゃんのむねにだかれていると、なみだがこぼれそうになるのです。浩太《こうた》は、母《かあ》ちゃんのうでをふりほどきました。

りんご農家《のうか》をしている浩太《こうた》の家《いえ》では、りんごのとりいれがおわると、父《とう》ちゃんと母《かあ》ちゃんは、遠《とお》い町《まち》に働《はたら》きにいきます。

「浩太《こうた》はだいじょうぶじゃ。じいちゃんと二人《ふたり》で、るすばんしていようなあ」

じいちゃんが、にこにこしていいました。

「うん！　ぼく、ぜんぜんさみしくない」

浩太《こうた》は、じわじわとわいてくるなみだをとじこめるかのように、目《め》にぎゅっと力《ちから》をこめていいました。

西《にし》の空《そら》が、ゆうやけでまっかになるころ、父《とう》ちゃんと母《かあ》ちゃんはでていきました。

「いってらっしゃーい！」

こみちをくだっていく二人《ふたり》に、浩太《こうた》は手《て》をふりつづけます。うしろすがたが、いよいよ見《み》えなくなると、だだっとかけていき、りんご畑《ばたけ》までやってきて、木《き》によじのぼって手《て》をふりました。

ピューッ！

とつぜんつめたい風《かぜ》がふいてきて、浩太《こうた》は目《め》をつぶりました。開《あ》けたときには、二人《ふたり》のすがたは、もう見《み》えませんでした。

こらえていたなみだが、ぽろぽろぽろぽろぽろ、ぽろぽろぽろぽろぽろ、こぼれおちました。

そのときです。

「雨《あめ》だ！」

草《くさ》のあいだから、こえがしました。

「雨《あめ》がふってきたぞ。大雨《おおあめ》だ！　ああ、つめたい！　ぬれたらかぜひいちゃうよ。は、は、はっくちゅん！」

かわいいくしゃみもしました。ちょろっとかおをだしたのは、子《こ》ねずみです。

浩太《こうた》がびっくりして、木《き》の上《うえ》からながめていると、子《こ》ねずみは、なみだでぬれたかおを、まえあしでくしゅくしゅこすりながらいいました。

「雨《あめ》じゃなかったんだ！　おなかがいたいの？　それとも、お母《かあ》ちゃんにおこられちゃったの？」

くびをかしげて、浩太《こうた》を見《み》あげています。

子《こ》ねずみのようすがあんまりかわいらしいので、浩太《こうた》はおもわ

ずわらってしまいました。

「ふふっ。ちがうよ。おなかもいたくないし、母《かあ》ちゃんにおこられたんでもないよ」

「ふうん。なら、よかったあ」

子《こ》ねずみはそういいながら、ぶるっとひとつ、みぶるいしました。

「くちゅん！　くちゅん！　くちゅん！」

そして、たてつづけに三つ、くしゃみをしたのです。

「かぜひいちゃった？　ぼくのせいだね」

すると、子《こ》ねずみは、あたまをぶるぶるふっていいました。

「きみのせいじゃないからね」

そういって、ちょろっと、草《くさ》にもぐってしまいました。

そのよるです。

じいちゃんといっしょに寝《ね》ていた浩太《こうた》は、天井《てんじょう》からきこえてくるひそひそごえに、ふと、目《め》をさましました。

「さっき、おくすりのんだもの。だいじょうぶだよ、お母《かあ》ちゃん」

「でも、まだ、おねつがあるわ。りんごをかじれば元気《げんき》がでるんだけど。お母《かあ》ちゃんも、かぜをひくと、おばあちゃんがりんごを食《た》べさせてくれたっけ」

浩太《こうた》は、ぼくもそうだ、とおもいました。

「りんご畑《ばたけ》にはもうひとつもないし……。朝《あさ》になったらさがしてくるからね。それにしても、どうしてぬれてかえってきたの？」

「あのね……」

「ぼうやったら川《かわ》あそびしたでしょ？　だめよっていったのに」

「ううん、やってないよ。りんご畑《ばたけ》でね、ないてる子《こ》がいたの。

その子《こ》のなみだでぬれちゃったんだ」

「なみだでぬれた？　まあ、ぼうやったら、そんなうそついて」

浩太《こうた》は、子《こ》ねずみのことをおもいだしました。

「おねつがあるからぼんやりしてるのね。さあ、おふとんにちゃんとはいって、おやすみなさい」

「ほんとだもん……」

しばらくすると、うたがきこえてきました。

♪おやすみなさい　かわいいこ
　ぼうやの　みるゆめ　どんなゆめ

とてもやさしいうたごえでした。
浩太《こうた》は、こもりうたをきいているうちに、ねむってしまいました。
子《こ》ねずみがくうくうと寝息《ねいき》をたてると、お母《かあ》ちゃんねずみは、ふとおもいだしました。
じぶんが子《こ》ねずみだったときのことをです。
ある日《ひ》のこと、りんご畑《ばたけ》であそんでいると、木《き》の上《うえ》でないている、人間《にんげん》の子《こ》がいました。その子《こ》のなみだが、ぽたぽたとからだにおちてきて、お母《かあ》ちゃんねずみは、かぜをひいたのでした。

「ぼうや……。ごめんね」

お母《かあ》ちゃんねずみは、ぼうやのおでこをそっとなでました。


あくる日《ひ》は、にちようびでした。

浩太《こうた》は、じいちゃんから小《ちい》さなりんごを一つもらうと、庭《にわ》にそっとおきました。

それから、りんご畑《ばたけ》で、じいちゃんのてつだいをしました。じいちゃんがきっておとした、りんごの小枝《こえだ》をひろうしごとです。

「また来年《らいねん》も、たくさんのりんごをつけるように、こうやってなあ、ていれをするんじゃ」

パチンパチンと、枝《えだ》にハサミをいれながら、じいちゃんがいいました。

「すてちゃうの？」

浩太《こうた》は、小枝《こえだ》をひろいながら、じいちゃんを見《み》あげました。

「いや、とっておく。枝《えだ》には、もう新芽《しんめ》がついてるだろう？ あいつらがよろこぶんだ」

「あいつらって？」

「うん。畑《はたけ》が雪《ゆき》にうもれたら、わかるさ。雪《ゆき》がふると、あいつらは食《た》べ物《もの》にこまるからな。さあ、浩太《こうた》、その木《き》のしたにまとめておいておくんだ」

いちばん大《おお》きなりんごの木《き》を、じいちゃんはゆびさしていいました。

きられたばかりの小枝《こえだ》には、じいちゃんがいうとおり、ぽちっと、新芽《しんめ》がついていていました。

浩太《こうた》はそれからも、畑《はたけ》をかけまわったり、草《くさ》をつんだり、ときどきあそんだりしながら、じいちゃんのてつだいをしました。

ゆうがた、家《いえ》にかえってみると、庭《にわ》においたりんごは、もうありませんでした。

ある日《ひ》のこと、雪《ゆき》がふりました。

くる日《ひ》もくる日《ひ》も、雪《ゆき》がぞくぞくとふってきて、畑《はたけ》はすっぽりと雪《ゆき》にうもれてしまいました。けれど、父《とう》ちゃんと母《かあ》ちゃんは、まだかえってきませんでした。

雪《ゆき》がやむと、浩太《こうた》は長《なが》ぐつをはいて、りんご畑《ばたけ》にいきました。

「あっ！」

いちばんのっぽの木《き》のしたに、うさぎがいます。小枝《こえだ》をほりだして、かじっているようです。

そばで、ねずみがちょろちょろしています。

「新芽《しんめ》も木《き》の皮《かわ》も、みずみずしくておいしいわね」

そう、うさぎがいいました。

「人間《にんげん》って、いいとこあるわ。こんなふうに食《た》べ物《もの》をとっておいてくれて」

「ほんとね。ぼうやがかぜをひいたときも……。ねえ、ぼうや」

お母《かあ》ちゃんねずみが、枝《えだ》をかじりながら、うれしそうにいいました。

「うん。あのりんご、すごくおいしかった！」

子《こ》ねずみが、小枝《こえだ》の上《うえ》で、ぴょんぴょん、元気《げんき》にはねました。


そのよる、母《かあ》ちゃんから電話《でんわ》がありました。

「三つ寝《ね》たら、かえるわよ」

浩太《こうた》は、電話《でんわ》をきると、さっさとふとんにはいりました。

「きょう寝《ね》たら、あと、二つ」

くすくすわらって、そうつぶやきました。


りんご畑《ばたけ》には、しんしんと雪《ゆき》がふっています。

ぼくの頭《あたま》はトサカがり

文《ぶん》／漆原智良《うるしばらともよし》
絵《え》／山中桃子《やまなかももこ》

目《め》がさめた。けさは、岩《いわ》によせる波《なみ》の音《おと》がきこえない。ナギだ！

ぼくは、やねのトイをとおして雨水《あまみず》をためてある、庭《にわ》のちょすいタンクにのぼった。

しんこきゅうをすると、朝《あさ》のしお風《かぜ》が、ここちよくのどのおくで、ころがるように、むねのおくにしみこんでいった。

「べたナギだぞう！」

ぼくは、家《いえ》にむかってさけんだ。

ツバキの葉《は》かげをとおしてみえる海《うみ》は、朝《あさ》の光《ひかり》のつぶをあびてかがやいていた。

「それじゃ、船《ふね》がきてくれるかなあ」

かあちゃんの、はずむような声《こえ》がはねかえってきた。

おおきな台風《たいふう》がやってきて海《うみ》が荒《あ》れ、ここ半月《はんつき》ほど、ミドリ小《こ》島《じま》には、ていき船《せん》がこなかった。船《ふね》がくれば、ミドリ大島《おおしま》のおみせにちゅうもんしておいた、日《にち》ようひんや、たべものがたくさんとどく。

東京《とうきょう》へけんしゅうにいっていた、たんにんの山本先生《やまもとせんせい》もかえってくる。

先生《せんせい》は、ミドリ大島《おおしま》までもどってきているようだが、台風《たいふう》のよ波《は》がおさまらなかったので、足《あし》どめをくっているそうだ。

夏休《なつやす》みも、あと三日《みっか》でおわる。

朝《あさ》ごはんがすむと、じいちゃんは、にこにこ顔《がお》で「さかなをついてくる」と、モリを手《て》にして浜《はま》へおりていってしまった。

「もうすぐ学校《がっこう》もはじまるから、朝《あさ》のうちに、海《うみ》の毛《け》をかってやろう」

とうちゃんは、庭《にわ》にいすを出《だ》すと、さんぱつどうぐをかかえてきた。

「いたいのいやだよ。とうちゃん、いつも、バリカンで毛《け》をひっぱるんだから……」

「きょうは、だいじょうぶだ。まかせておけ」

ぼくのくびに、シャツの中《なか》に毛《け》がまいおちないように、ふろしきがまかれた。

とうちゃんが手《て》にしたバリカンは、えりくびのすそから、頭《あたま》の上《うえ》へとうごいていく。

そのあと、かみの毛《け》は、くしとはさみでかりあげられていった。

「どうだ、海《うみ》、これで……」

とうちゃんは、はさみをわきにおくと、ぼくに、まるいかがみをさしだした。

「左《ひだり》のほうをかりすぎたみたいじゃん」

このことばが、しっぱいのもとだった。

とうちゃんは、からだをそらすようにして、ぼくの頭《あたま》をぐるぐるとみまわした。

「そうだな。右《みぎ》のほうに、だいぶ毛《け》がのこっている」

するとこんどは、はさみを頭《あたま》の右《みぎ》へもっていったり、また左《ひだり》へもっていったりと、ぼくの毛《け》はこうごにかりあげられていった。

「さあ、どうだ。これで……」

ぼくは、手《て》わたされたかがみをのぞいてびっくりした。

頭《あたま》の左右《さゆう》がテカテカにひかっている。

わずかな毛《け》は頭《あたま》のまんなかに、ちょこんと、さんかくの形《かたち》にのこっているだけだ。

ショック！

「ちょっと毛《け》を、かりすぎたかなあ」

とうちゃんは、ひとごとのようにいって、白《しろ》い歯《は》をみせた。

「かりすぎたどころじゃないよ、これじゃ、トサカと、おんなじだ」

ああ、ぜつぼう！

そのとき、フェニックスの葉《は》がゆれ、足《あし》おとがせまってきた。かがみに、どうきゅう生《せい》の空《そら》の顔《かお》がうつった。どうきゅう生《せい》といっても、小島《こじま》の二年生《ねんせい》は、ぼくと空《そら》のふたりしかいない。

空《そら》は、たんじょう日《び》が三か月《げつ》ほど早《はや》いというだけで、いつもあにきかぜをふかせている。

「さか上《うえ》の子《こ》が空《そら》なら、うちの子《こ》は海《うみ》にしよう」

母《かあ》ちゃんがいうには、ぼくの海《うみ》という名《な》は、こうしてかんたんにつけられたそうだ。

空《そら》は、いきせききってさかみちをくだってきたのか、庭《にわ》にかがみこんでしまった。

「いま……学校《がっこう》へいったら……れんらくがはいって……ていき船《せん》がくるって……」

いきぐるしいのか、ことばがとぎれとぎれだ。空《そら》は、ぼくに近《ちか》づいてくると、頭《あたま》をジロジロとみつめはじめた。

「まるで、ニワトリの、トサカみたいじゃん」

といって、ニヤッとわらった。

（ああ、空《そら》にだけは、いわれたくなかった）

とうちゃんが、空《そら》のボサボサ頭《あたま》をみて、

「空《そら》も、ついでに、さんぱつしてやるか」

と、わらいながら、空《そら》のうでをひっぱった。

「けっこう、けっこう」

空《そら》は手《て》をふりほどいてのけぞった。

学校《がっこう》から、むせんほうそうがながれてきた。

「本日《ほんじつ》、ていき船《せん》がまいります。ミドリ大島《おおしま》を十時《じ》に出《で》るそうです」

小島《こじま》までは、やく一時間《じかん》かかる。ていき船《せん》がくる日《ひ》は、にもつをはこぶために、ぜんいんが、みなとへおりることになっている。

みなととはいっても、岩《いわ》にセメントをながしこんだ、島《しま》のとったんにすぎない。

小島《こじま》には、でんきや、水《すい》どうもない。おいしゃさんもいない。おみせもない。だから、大島《おおしま》からのていき船《せん》だけがたよりなのだ。ぼくは、船《ふね》がくるうれしさのあまり、ぼうしをかぶるのもわすれて、空《そら》といっしょにさかみちをくだっていった。とちゅうで、おなじクラスでたったひとりの三年生《ねんせい》、ユミをさそった。

みなとにつくと、ちょうど、じいちゃんが海《うみ》からあがってきたところだった。手《て》には、クロダイ、アカハタ、フグをさげていた。

「台風《たいふう》のあとだけに、さかながたくさんいるわ。こんやのごちそうには、じゅうぶんだ」

じいちゃんは、じまんげに、さかなをもちあげてみせた。

「もう、きょうは、もぐらないの？」

「ああ、さかなは、その日《ひ》たべられるだけとれれば、それでいいんじゃ」

じいちゃんは、ウェット・スーツをぬぎ、水中《すいちゅう》メガネをはずすと、ぼくの頭《あたま》をゴツゴツとした大《おお》きな手《て》のひらでさすった。

「いやあ、すごくかっこいい頭《あたま》じゃないか。じいちゃんも、海《うみ》のようにしたいが、毛《け》がないからなあ、ハ、ハ、ハ、ハ……」

と、ごうかいにわらった。

おとなたちも山《やま》の中《ちゅう》ふくの集落《しゅうらく》から、ひとり、ふたりとおりてきて、みなとはにぎわいはじめた。

下《か》きゅう生《せい》クラスは、一年生《ねんせい》がいなくて、ぼくと空《そら》とユミの三人《にん》。四年生《ねんせい》から六年生《ねんせい》までの上《じょう》きゅう生《せい》クラスが六人《にん》。中学生《ちゅうがくせい》が五人《にん》いる。この十四人《にん》は、島《しま》にとっては、だいじなろうどう力《りょく》でもあるのだ。

上《じょう》きゅう生《せい》は、ぼくのトサカ頭《あたま》をチラッと横目《よこめ》でみては、なにかいいたそうに、クス、クスッとわらっている。

ああ、はずかしい。岩《いわ》あなにかくれたいようだ。

ていき船《せん》がやってきた。

船《ふね》から、しなものがはいったダンボール箱《ばこ》がなげられる。一れつにならんだおとなと中学生《ちゅうがくせい》にリレーしきで手《て》わたされ、上《うえ》の砂《すな》ばへおかれる。砂《すな》ばは、にもつの山《やま》だ。それから家《いえ》のあて名《な》ごとに分《わ》けられていく。

にもつは、それぞれのからだにあわせ、みんながきょうりょくして、はこんでいくのだ。

にもつをおろしおわると、さいごに山本先生《やまもとせんせい》が、岩《いわ》ばにとびおりた。

「おかえりなさい」

ぼくと空《そら》が、先生《せんせい》のりょううでにとびついた。ユミは先生《せんせい》のせなかをおした。

先生《せんせい》は、ぼくの頭《あたま》をみるとポツリといった。

「かっこいい頭《あたま》だ」

先生《せんせい》が島《しま》にもどって、さいしょにとびだしたことばは、じいちゃ

んとおなじことばだ。

「海《うみ》くんのかみがた、いまクニ（本州《ほんしゅう》）じゃはやりだよ。それもギンザで……」

「えっ、この頭《あたま》が？」

ぼくは、手《て》を頭《あたま》にのせて、「へえっ」と空《そら》と目《め》をあわせた。先《せん》生《せい》はつづけた。

「頭《あたま》のまわりがつるつるで、てっぺんに毛《け》がちょこんとのこっている。かっこいいじゃないか……とうちゃんがかってくれたのかい……ぼくもたのもうかなあ」

ぼくのむねが、キュンとおどった。

よく日《じつ》、ぼくの家《いえ》に山本先生《やまもとせんせい》がやってきた。とうちゃんのさんぱつで、先生《せんせい》も「トサカがり」になってしまった。
九月《がつ》、新学期《しんがっき》。
空《そら》の頭《あたま》もトサカがりになっていた。
トサカがりは、ほんとにギンザではやっているんだろうか？
それとも、先生《せんせい》は、ぼくをたすけてくれたんだろうか？
ぼくは、まい日《にち》、そんなことを考《かんが》えている。
先生《せんせい》は、きょうも、教室《きょうしつ》のまどから海《うみ》をじっとながめてつぶやいた。
「水平線《すいへいせん》がうつくしいなあ。空《そら》と海《うみ》が、しっかりあくしゅしている」

ひと月《つき》ぐらいすると、小島《こじま》じゅうが、みんなトサカがりになってしまった。

あとがき

―白いガーベラの花言葉は希望―

平成二十三年三月十一日の東日本大震災は日本人の心に大きな打撃を与えました。

すさまじい勢いで押し寄せる津波が、一瞬のうちに街を飲み込み、多くの人々の命を奪ってしまいました。

さらに、福島第一原子力発電所の原子炉は壊滅し、多くの人が、人災ともいえる放射性物質流出の危険から身を守るために、故郷との離別を余儀なくされました。

十万人を越える人が、窮屈な避難所での生活に耐えなければならないという日々がつづいています。

連日、こうしたテレビの画面を見せられた人々の心は、次第に萎えていってしまいます。

昼間の子どもの笑顔は、夜になると涙に変わるそうです。

「だからこそ、前向きに立ち上がろうよ」

やがて、一人、二人……と、被災地の人々から声があがりました。

児童文学作家も、お互いに声をかけ合いはじめました。

「子どもの本を紡ぎ出す私たちには、いったい何ができる?」

「おとなも子どもも希望がもてる作品を書いて送りたいね」

「被災地で読み聞かせもやりたいね」

仲間と会うたびに話し合い、考えました。

私にも少年時代に、戦争・空襲という辛い悲しい経験がありました。しかし、どんなことがあろうとも、子どもにとっては、やがて成人したあかつきに、自己肯定感が記憶の奥に漂っていなければなりません。なぜなら、それが「生きる力」の土台ともなるからです。悲しみだけを背負わせて歩かせてはかわいそうです。

「そのためには、子どもに、いや、おとなも含めて読んでもらいたい童話を書いて送り出すことだ」

童話には魔法の力があります。おとなでも、童話を読んでいるうちに、またたく間に子ども時代にもどることができるからです。

「人びとに勇気や笑顔を与えられる童話を書いてくれる人、この指とまれ!」

八人の作家と、五人の画家が、指にとまってくれました。

そのことを今人舎の稲葉茂勝社長に相談すると、快く引き受けてくださいました。

「現地まで、読み聞かせにいかなくても、作者の声が届くようにしてみましょう」と、あるものを提案してくださいました。「音筆」というIT機器で、作家の声で読み聞かせをするというのです。これは、児童文学界初の試みです。

作家たちは、一か月の期間で作品を書き上げました。笑いあり、協力あり、温もりあり……それぞれの作家の個性と味が豊かに発揮された八編の生活童話、ファンタジー童話が集まりました。

「童話で元気に立ち上がろう」の思いが実現しました。タイトルは『希望がわく童話集・白いガーベラ』に決まりました。白いガーベラの花言葉は「希望」だからです。

本書は、今人舎の稲葉茂勝社長と石原尚子編集室長が先頭に立って自ら編集を担当してくださいました。十三名の作家・画家を代表して厚く御礼申し上げます。

二〇一一年六月　　漆原智良

編集後記

避難所の夜の様子が、テレビで紹介されました。夜、広い体育館の天井の水銀灯がゆっくり消えていきます。段ボールで仕切られたいくつかの小間からは、幼い兄弟・姉妹のひそひそ話が聞こえてきます。両親を亡くした子どももいます。

東日本大震災後、十三人の作家・画家の先生が想いをひとつにしました。「童話で元気に立ち上がろう！」と。まとめ役の漆原智良先生は、「はじめに」に次のように書いていらっしゃいます。

「わたしたちに　何ができるのでしょうか？　ぎえん金を　おくりましょうか。絵本を　おくりましょうか。読み聞かせに　いきましょうか。そうだ！　みんなで　子どもや　おとなの　よろこぶ　童話を書きましょう。希望の　わく童話を。」

編集部では、この話を受けて、先生方の想いを書き下ろした新作童話集の発行を決定。ちょうど準備を進めていた、絵本の朗読を音筆に収録して被災地に届けるという計画に乗せることにしました。作家の先生方がご自分で朗読した声を、避難所などの子どもたちに届けることができる！　私たちは活気づきました。

音筆は、本に軽くタッチするだけで、収録された音声が音筆のスピーカーやイヤホーンから聞こえてくるといったペン型のＩＴ機器です。これを使えば、被災地の子どもたちが夜、寝つけないときなどに、先生方の声で、希望がわいてくるお話を聞いてもらえます。

しかし、問題がありました。そのＩＴ機器の価格が安くないことです。そこで私たちは、企業に支援をお願いしました。すると、セーラー万年筆㈱や㈱ウィズコーポレーションなどが、無償で音筆を提供してくださることになったのです。かくして、被災地へ本と音筆のセットをお届けできることになりました。

本書の巻頭は、内田麟太郎先生の『ぽにょり　ぽにょり』です。子どもは大笑い、おとなも思わず笑みがこぼれる作品です。漆原先生が「はじめに」で書いていらっしゃるように、「笑いは　希望です」。どの作品も、希望あり、夢あり、笑いありで、読者が前を向けることを願って書いたものです。

日本じゅうで、一人でも多くの人たちが、この童話集を読んで笑顔になっていただければ、たいへんうれしく存じます。

今人舎　編集部

【著者紹介】

内田　麟太郎（うちだ　りんたろう）
一九四一年福岡県大牟田市生まれ。絵本に『さかさまライオン』（童心社）、『うそつきのつき』（文溪堂）、『すやすやタヌキがねていたら』（文研出版）、『ともだちや』（偕成社）、『十二支のおはなし』（岩崎書店）など。童話に『ぶたのぶたじろうさん』シリーズ（クレヨンハウス）、『ふしぎの森のヤーヤー』シリーズ（金の星社）ほか。詩集に『きんじょのきんぎょ』（理論社）、『ぼくたちはなく』（ＰＨＰ研究所）ほか。

高橋　秀雄（たかはし　ひでお）
一九四八年栃木県今市市（現日光市）生まれ。宇都宮市在住。日本児童文学者協会・日本児童文芸家協会会員。『季節風』事務局長。うつのみや童話の会代表。著書は、『ぼくの家はゴミ屋敷!?』（新日本出版社）、『やぶ坂に吹く風』（小峰書店・第四九回日本児童文学者協会賞受賞）、『朝霧の立つ川』（岩崎書店）、『ぼくのヒメマス記念日』（国土社）、『ひみつのゆびきりげんまん』（文研出版）、『地をはう風のように』（福音館書店）ほか。

光丘　真理（みつおか　まり）
宮城県生まれ。第7回・第9回児童文芸創作コンクールで各優秀賞受賞。第五回キッズ・エクスプレス21童話・絵本コンテスト大賞受賞。作品に『シャイン♪キッズ』『トリオでテレパシー』シリーズ（ともに岩崎書店）、『コスモス』シリーズ（ポプラ社）、『あいたい』（文研出版）、『ぼく、歌舞伎やるんだ！』（佼成出版）ほか。日本児童文芸家協会所属。読み語りボランティア活動中。

金治　直美（かなじ　なおみ）
埼玉県在住。日本児童文芸家協会会員。主な著書に『さらば、猫の手』（岩崎書店、第三十回児童文芸新人賞受賞）、『逢魔が刻のにおい』（学習研究社）、『マタギに育てられたクマ――白神山地のいのちを守って』（佼成出版社、二〇〇九年度全国読書感想文コンクール課題図書）、『ミクロ家出の夜に』（国土社）ほか。

最上　一平（もがみ　いっぺい）
一九五七年山形県生まれ。『銀のうさぎ』（新日本出版社）で日本児童文学者協会新人賞受賞。『ぬくい山のきつね』（新日本出版社）で日本児童文学者協会賞、新美南吉児童文学賞受賞。『じぶんの木』（岩崎書店）でひろすけ童話賞受賞。ほかに『オニヤンマ空へ』（岩崎書店）、『ゆっくり大きくなればいい』（ポプラ社）、『おとうさんの木』（教育画劇）、『山からの伝言』（新日本出版社）、『バッタの足』（学習研究社）などの作品がある。

高橋　うらら（たかはし　うらら）
日本児童文芸家協会・日本児童文学者協会会員。子どもの本・九条の会運営委員。東京都荒川区で夫と二人の男の子と暮らす。命の大切さをテーマに児童文学を執筆中。主な著書に『犬たちがくれた音　聴導犬誕生物語』（金の星社）、『ありがとうチョビ　命を救われた捨て犬たちの物語』（くもん出版）、『左手がなくてもぼくは負けない！　カンボジア地雷と子どもたち』（学習研究社）など。

深山　さくら（みやま　さくら）
山形県上山市生まれ。主な作品に『おまけのオバケはおっチョコちょい』『ザリガニの親子』（旺文社）、『行事の前に読み聞かせ 年中行事のお話55』『つばめの くるまち』『おこじょのやま』（チャイルド本社）、『てんぐのそばまんじゅう』（ひさかたチャイルド）、『かかしのじいさん』（佼成出版社）、『ぼくらのムササビ大作戦』（国土社）など。『かえるのじいさまとあめんぼおはな』（教育画劇）で第一九回ひろすけ童話賞受賞。日本児童文芸家協会会員。

漆原　智良（うるしばら　ともよし）
一九三四年東京・浅草生まれ。おもな作品に『学校は小鳥のレストラン』（アリス館・課題図書）、『風になったヤギ』（旺文社）、『東京の赤い雪』（フレーベル館・舞台公演化）、『偉人たちの少年少女時代』（ゆまに書房）、『つらかんべぇ』（今人舎）など百冊を越える。ＮＨＫ放送記念祭賞受賞。第四五回児童文化功労賞受賞。㈳日本児童文芸家協会顧問。教育講演会など全国各地奔走中。本書の編纂をつとめた。

【画家紹介】

岡本　美子（おかもと　よしこ）
跡見学園女子大学卒業。パステルやコラージュ等で絵本や幼年童話の挿絵を描く。他に流木等で立体作品も制作。主な作品に「サポーターはサイボーグ」「グッバイぼくだけの幽霊」「けやきひろばのなかまたち」などがある。

おの　かつこ（おの　かつこ）

武蔵野美術大学卒。ニッサン童話と絵本のグランプリ優秀賞。小学館おひさま絵本大賞佳作。HEARTRAND KARUIZAWA DRAWING BIENNALE入選。越後湯沢全国童画展佳作。主な作品に「もりのピアノきょうしつ」「ちいちゃんとあきのいろ」などがある。

進藤　かおる（しんどう　かおる）

一九七三年生まれ。埼玉県出身イラストレーター。二〇一一年四月『偉人たちの少年少女時代』（ゆまに書房刊）で偉人の似顔絵と幼少期のエピソード画を担当。

ひだか　のり子（ひだか　のりこ）

横浜出身。法政大学、文化服装学院卒業。アパレル、教育の仕事に携わった後、切り絵をはじめる。動物画や子ども向けの絵などをライフワークとしており、雑誌や展覧会など様々な場で活動中。日本児童文芸家協会会員。

山中　桃子（やまなか　ももこ）

一九七七年生まれ。女子美術大学卒。「田んぼのいのち」、「牧場のいのち」（くもん出版）でそれぞれ第一九回、二一回ブラティスラヴァ世界絵本原画ビエンナーレ入選。主な作品は、「風になったヤギ」（旺文社）、「桃の花」（インデックスコミュニケーションズ）、「おばあちゃんのくりきんとん」（長崎出版）。

希望がわく童話集

白いガーベラ

二〇一一年八月一日　第一刷発行

編纂・文　漆原　智良
発行者　稲葉　茂勝
印刷・製本　凸版印刷株式会社
発行所　株式会社今人舎
〒一八六―〇〇〇一
東京都国立市北一―七―二三
電話　〇四二―五七五―八八八八
FAX　〇四二―五七五―八八八六

ISBN978-4-901088-95-4　NDC913
Published by Imajinsha Co., Ltd. Tokyo, Japan
今人舎ホームページ　http://www.imajinsha.co.jp
E-mail　nands@imajinsha.co.jp
価格はカバーに印刷してあります。

落丁本・乱丁本はお取り替え致します。